吉檀迦利

［印度］泰戈尔　著

苇　欢　译

青海出版传媒集团

青海人民出版社

图书在版编目（CIP）数据

吉檀迦利 / (印) 泰戈尔著; 苇欢译 . -- 西宁：青海人民出版社，2025.7. -- (泰戈尔的诗). -- ISBN 978-7-225-06905-0

Ⅰ . I351.25

中国国家版本馆 CIP 数据核字第 2025ED1702 号

总 策 划	王绍玉　戴发旺	执行策划	梁建强　马　婧
责任编辑	马　婧	责任校对	田梅秀
责任印制	刘　倩　卡杰当周	装帧设计	郑　清
插　　图	李　伟		

泰戈尔的诗

吉檀迦利

［印度］泰戈尔　著

苇　欢　译

出 版 人	樊原成
出版发行	青海人民出版社有限责任公司
	西宁市五四西路 71 号　邮政编码：810023
	电话：（0971）6143426（总编室）
发行热线	（0971）6143516 / 6137730
网　　址	http://www.qhrmcbs.com
印　　刷	陕西龙山海天艺术印务有限公司
经　　销	新华书店
开　　本	787 mm × 1098 mm　1/32
印　　张	4.375
字　　数	50 千
插　　页	6
版　　次	2025 年 7 月第 1 版　2025 年 7 月第 1 次印刷
书　　号	ISBN 978-7-225-06905-0
定　　价	35.00 元

拉宾德拉纳特·泰戈尔（1861—1941）

印度世界级诗人，第一位获得诺贝尔文学奖的亚洲人。

代表作有《吉檀迦利》《园丁集》等。

苇欢，原名崔钰炜，生于 1983 年，诗人、青年翻译家。著有双语诗集《刺》，主要译著：狄金森诗歌精选集《孤独是迷人的》《灵魂访客》，泰戈尔诗集《园丁集》《采果集 》《流萤集》，长篇小说《鱼没有脚》。现居珠海。

献给世界的歌（译序）

感谢青海人民出版社将泰戈尔最重要的《飞鸟集》《新月集》和《吉檀迦利》三部诗集的重译工作交给我，这是一份信任，也是一个新的挑战，虽然三年前我在青海人民出版社出版的泰戈尔的另外三本译著——《园丁集》《采果集》《流萤集》，反响不错，都获得了重印。我深知泰戈尔对于中国读者的意义，他曾在战争殖民年代三度访华，给予我们道义支持和现代文明启蒙，是情感上与我们极为贴近的作家。于己而言，《飞鸟集》和《新月集》曾在学生时代点燃我的文学热情，让诗歌之美在我脑海初具形态，用一句流行语形容，是我心中的白月光。《吉檀迦利》作为1913年泰戈尔荣获诺贝尔文学奖的诗集，既标志着他个人文学成就的最高峰，也成为全人类共同的精神食粮。

"五四"以降，老一辈翻译家冰心、郑振铎等先生都曾为泰戈尔的译介和诗歌普及作出不可磨灭的贡献。科技高速发展的今天，人们的阅读环境、方式和趣味都在变化，经典译本的语言难免存在陈旧和过时的问题。身为年轻译者，我想努力开拓与创新，让新千年的读者看见一个更加准确、更有活力、更具时代感的泰戈尔。更重要的是，我期待用文字穿越时空，以后辈和同行的身份去接近和感受诗人，呈现出我心目中的泰戈尔形象。

　　泰戈尔的诗歌既具有浓郁的浪漫色彩，又弥漫着人本主义精神，轻灵玄妙的泛神论思想还为其诗作增添了神秘之感。《飞鸟集》成书于1916年，是一部短诗集，包含326则无题小诗。泰戈尔的灵感大多源于对自然万物的细微观照，对生活瞬间的捕捉，以及对人类自身的反思和批判。论及语言特色，《飞鸟集》十分现代，泰戈尔摒弃了繁复的诗歌格律，采用质朴天然、富有动感的语言表达深邃的哲思和丰富的情感。"夏日的飞鸟来到我窗前歌唱，继而飞远。秋天的黄叶无歌可唱，轻叹着飘落。"干净的画面和灵动的生命固然美好，最动人之处则在于诗人给予渺小之物的关注和怜悯。"我并非权力之轮，而属于那受其倾轧的众生，我因此庆幸。"一改浪漫口吻，泰戈尔变得犀利和冒犯，对权力的挑战和对众生的同情彰显了他的平民主义精神。令我印象最深的是第82则，几经思考，才能落笔："让生如夏花之璀璨，死若秋叶之泰然。"我欣赏泰戈尔对生命智性的解读，生与死并不指向起点与终点，而是相互映照，浑然一体。英语原文中的"beautiful"一词同时对应夏花和秋叶，夏花之美见诸形色，秋叶之美在于生机逝去后的从容与坦然，没有恐慌惧怕，只有无畏坦荡，这才是生之大美。

　　《新月集》成书于1913年，前身是在1903年出版的孟加拉语诗集《儿童集》，顾名思义，它是诗人童年生活的缩影和诗意化的重构。全书包含40首抒情诗和散文诗，语言优美灵动，意境轻盈，节奏鲜明，富有乐感，易于吟唱。泰戈尔分别以孩子、母亲和诗人的视角为读者呈现出相互交织的童真与母爱，这种艺术形式刷新和充实了我对泰戈尔的认识。我向来认为天才诗人对生命具有一种高强的感知力，这种感知不仅让他们超越了自身经历，也超越了性别和年龄，进入他者的生命系统，无所不知，无所不晓。借孩子之口书写的《金色花》，诗中的孩子变作一朵花，在不同场景下与母亲互动的幻想是多么天真烂漫，多么准确地指向了我们身边的孩子！让我瞬间想起我女儿小时候的模样，每一个细小的心理变化都是那样贴切："当你用过午餐，坐在窗前阅读《罗摩衍那》，树影落在你的头发和膝上，我会把我细小的影子投射在你的书页上，正是你眼前那一行。"在翻译《礼物》的时候，我又不自觉地带入母亲的身份，惊叹于诗人笔下的每一句话都精准地道出了我对孩子的期许："你的生命正盛，前路漫长，你将我们给你的爱一饮而尽，接着转身离去。你有你的玩乐和伙伴。假如你没有时间和心思留给我们，那又何妨。"记得三年前翻译《园丁集》时，有一句诗深得我心："我永远和村童一样稚嫩，和老翁一样年迈。"我欣喜地发现这句诗与《新月集》的精神构成了奇妙的互文关系，不可谓不是一种收获。

1912 年，泰戈尔的《吉檀迦利》在英国出版，次年荣获诺奖。诗集的名字意为"献歌"，以 103 首奉献给神的诗歌展开人与神的关系探讨。全书的散文诗体挣脱了传统格律的束缚，交错的长短句随诗人的情感变化而起伏，形成流动的节奏，赋予语言很强的音乐性。假如说《新月集》中的泰戈尔是一位感性的观察者和哲人，《吉檀迦利》中的他更像一位倾诉者和思想家，炽烈的抒情语言与深刻的哲思相映生辉，饱含诗人对生命本质的追问与思索。泰戈尔笔下的神并非传统宗教语境中至高无上的权威，更像一个无处不在的同伴，浮现于人们的日常生活里。神可以"行走在贫苦卑贱和无家可归的人中央"，也可以脱下佛衣，像农夫一样"躬身于泥土"，甚至化身为莲，在南风的吹拂下，以"一丝异香的甜蜜"给予诗人抚慰。泰戈尔将个人情感寄托于与神的交流对话，或激昂，或悲痛，或孤独，或期盼。同为诗人，我能理解创作和外在环境的互动关系，1902 年至 1907 年，泰戈尔经历了生活的巨变，接连失去至亲，苦难不失为一种驱动力，促使其以诗对存在进行永恒的探索。我能想象诗人在清晨和黄昏中静坐，向神灵祈求恩典："当你命我歌唱，我的心好似在骄傲中迸裂；我望着你的脸，热泪盈眶。我生命中的一切喧杂和不谐融为一曲甜蜜的和弦——我的崇拜展开翅膀，如喜悦的鸟儿飞越大海。"诗人还以宽阔的胸襟超越个人苦难，将其升华为对人类的博爱："在哪里，人们拥有无畏的心灵和高昂的头颅；在哪里，学问是天下之公器；在哪里，世界不因狭隘的国界四分五裂；在哪里，言语诞生于深奥的真理……"

寥寥数笔，道不尽泰戈尔的精妙与渊博。记得有一天，我正沉浸于翻译之中，脑海里跳出一个奇怪的念头，泰戈尔化身为金庸笔下的大师风清扬，身倚大石，捋须发问："你这小孩，译我的诗能行吗？"我当时愣住了，直到此刻仿佛才有答案，想必读者读罢该书也会有自己的答案，我期待听见你们的答案。

苇欢

2025 年 5 月

1

你使我永恒，并以此为乐。你一次次倒空这脆弱的酒器，再以鲜活的生命充满。

你携着这支小小的芦笛翻山越岭，吹奏出长青的旋律。

因你的双手不朽的触摸，我渺小的心在喜悦中消弥了边界，发出妙不可言的心声。

你无穷的恩赐只落入我这小小的手掌。岁月如流，你仍在倾注，我亦有余地容纳。

2

当你命我歌唱，我的心好似在骄傲中迸裂；我望着你的脸，热泪盈眶。

我生命中的一切喧杂和不谐融为一曲甜蜜的和弦——我的崇拜展开翅膀，如喜悦的鸟儿飞越大海。

我知道你享受我的歌唱。我知道在你面前的我只是一位歌者。

我的歌声极力伸长羽翼去触碰你的双脚，我本永远无法企及。

我沉醉在歌唱的喜悦中忘了自己，我的主人，我竟把你唤作朋友。

3

我不知你怎样歌唱，我的主人！我始终默默聆听，惊叹不已。

你音乐的光芒照耀世界。你音乐的生气在空中蔓延。你音乐的圣河冲破一切顽瘴，滚滚流远。

我的心渴望与你和声，几经挣扎却发不出声音。我想说话，言语却无以歌唱，我在困惑中呐喊。啊，你用音乐无边的罗网俘获我的心，我的主人！

4

我热烈的生命啊，我会努力让躯体永葆纯真，因为我知道你生动的抚摸覆盖着我的肢体。

我会努力让虚伪远离思想，因为我知道你就是真理，点燃我心中的理性之光。

我会努力驱逐心头的恶念，让爱之花常开不败，因为我知道你已驻留在我心深处的圣殿。

我会努力以行动彰显你，因为我知道是你的力量驱使我行动。

5

我恳求片刻的放纵，坐在你身旁。容我暂缓手边的工作。

若是见不到你，我的心就不得喘息，工作便成为无边的苦海中无止境的劳役。

今天，夏日在我窗边降临，带着轻叹和低语；蜜蜂在花的庭院吟唱着歌谣。

此刻让我和你静静对坐，在这寂静而充裕的闲暇中为生命献歌。

6

花开堪折直须折，不要迟疑！我怕它枯萎凋谢，碾作尘泥。

你的花环它或许高攀不起，但请你将它采摘，用你的手施与的疼痛给它荣耀。我怕我来不及察觉，白日就已逝去，因而错过礼奉的时辰。

这朵花虽无艳色，也无浓香，请让它为你效劳吧，及时将它摘下。

7

　　我的歌褪去铅华，不以衣饰为荣。饰物会阻挡你我相连，横在我们中央；那清脆的声响会淹没你的低语。

　　我这诗人的虚荣在你注视下羞愧而死。诗神啊，我就坐在你的脚下。我只求让生命朴素而正直，像一支满载乐声的芦笛，为你吹响。

那个身穿王子的锦袍，颈上挂满珠宝的孩子，已然丧失游戏的快乐；他的华衣令他寸步难行。

他生怕衣料磨损，或是沾上灰尘，只好远离人群，甚至不敢迈步。

母亲，假如你华丽的束缚让一个人与无害的泥土隔绝，剥夺他融入这鲜活的人间烟火的权利，它便毫无意义。

傻瓜啊，你竟想用肩膀扛起自己！乞丐啊，你竟来到自己门前讨要！

把你的重负在他手中卸下，只要他能承担，切莫在懊悔中回头。

你欲望的呼吸一旦触及灯火，便会扑灭它的光芒。这是罪过——别用你不洁的双手拿取礼物。只接受神圣之爱的赠与。

10

　　这是你的脚凳，就在此歇脚吧，这里住着贫苦卑贱和无家可归的人。

　　当我向你鞠躬，我的敬意无法抵达你落脚的地方，它深不可测，就在贫苦卑贱和无家可归的人中央。

　　当你身穿麻衣，行走在贫苦卑贱和无家可归的人中央，那里就永远没有傲慢。

　　你与贫苦卑贱和无家可归的孤独者做伴，就在我的心永远找不到去路的地方。

11

丢掉念珠，别再诵经祈祷了！寺门紧闭，你在这幽暗的角落里膜拜谁？睁开眼吧，你的眼前哪有神灵！

他在农夫耕耘贫瘠土地的地方，在拓路人凿石开路的地方。他与他们同在，任凭日晒雨淋，一身尘埃。脱下你的佛衣吧，就像他一样躬身于泥土！

拯救？何处可得拯救？我们的主人喜悦地戴上创造的枷锁，他便永远与我们相连。

从你的冥思中走出来，丢下你的鲜花和香火！你的衣衫若是破旧不堪，又有何妨？迎接他吧，带着你的辛劳和汗水站在他身旁。

12

漫漫旅途，我将行而不辍。

我乘着第一道曙光出发，遨游于广阔无垠的宇宙，在无数星球上留下踪迹。

通往自身的路才最遥远，质朴的曲调需要最繁复的练习。

旅人必须敲开一扇扇陌生的门，才能回到自己的家；一个人必须游遍四海，才能最终抵达内心的神殿。

我放眼张望，直到闭上双眼说："你就在这里！"

"哦，你在何处？"一声追问与呼唤汇成千万道泪水，一句回答"我在这里"，掀起自信的洪流，淹没整个世界。

我本要唱的歌至今不曾开口。我一天天装上琴弦又拆下。

时间不到，歌词尚未填好；我心中唯有憧憬的痛苦。

花还不开，只有风在叹息；我和他素未谋面，我不曾听过他的声音，只听见他轻柔的脚步走过我家门前。

我整日忙着为他铺展座席，可灯火尚未点燃，我不能邀他进门。

我期盼终有一天与他相见，可至今不曾如愿。

14

我的欲望太多，叫苦不迭，你却总以
坚定的拒绝把我拯救；这不容抗拒的仁慈
已和我的生命彻底交融。

日复一日，你令我无愧于你慷慨赠予
的纯朴的厚礼——这天空和阳光，这肉
身、生命和思想——你把我从贪欲的危
难中拯救。

有时我心灰意懒徘徊不前，有时在醒
来后匆匆寻找方向，你却狠心地从我眼前
躲开。

日复一日，你用不断的拒绝令我无愧
于你完整的接纳，把我从软弱渺茫的欲望
的险境中拯救。

我就坐在你大殿的角落里，为你歌唱。

我在你的世界无事可忙；唯有漫无目的之时，我徒劳的生命才能迸发出旋律。

当午夜幽暗的神庙响起你默祷的钟声，我的主人，请命令我站在你面前歌唱。

当清晨的空气里扬起金色竖琴的曲调，请赐予我荣耀，命令我到来。

因你的双手不朽的触摸，我渺小的心在喜悦中消弥了边界，发出妙不可言的心声。

At the immortal touch of thy hands my little heart loses its limits in joy and gives birth to utterance ineffable.

今天，夏日在我窗边降临，带着轻叹和低语；蜜蜂在花的庭院吟唱着歌谣。

此刻让我和你静静对坐，在这寂静而充裕的闲暇中为生命献歌。

Today the summer has come at my window with its sighs and murmurs; and the bees are plying their minstrelsy at the court of the flowering grove.

Now it is time to sit quite, face to face with thee, and to sing dedication of life in this silent and overflowing leisure.

16

世界的节日向我发出盛邀，我的生命因此得到祝福。我曾目睹，我曾听闻。

我的使命是为这场盛宴奏乐，我用尽浑身解数。

此刻我要问，这一刻是否已经到来，容许我走进去瞻仰你的面容，并向你默默致意？

17

　　我只是在等待爱，为了最终把自己交付于他。正因如此，我姗姗来迟，并为我的疏忽感到愧疚。

　　他们用清规戒律把我紧紧束缚；而我总是躲避，因为我只是在等待爱，为了最终把自己交付于他。

　　人们指责我，怨我漫不经心；我并不怀疑他们的指责。

　　集市散去，辛劳的工作都已完结。那些召唤我的人在愤怒中无功而返。我只是在等待爱，为了最终把自己交付于他。

乌云层叠，天色晦暗。啊，爱人，你为何让我独自在门外等待？

午间忙碌的时刻，我和众人一起，而在这幽暗孤独的日子里，我只期待你。

假如你不愿现出真容，假如你将我撇开，我真不知要如何消磨这漫长的雨天。

我凝视着远处阴霾的天空，我的心跟随躁动的风飘荡着，哀号着。

19

假如你不开口，我便忍耐，用你的沉默充满我的心。我要静静地等待，像夜晚耐心地低下头，在星光里守夜。

黎明必将来临，驱散黑暗，你的声音宛如金色溪流从九天飞流而下。

你的言语会展开歌声的翅膀，飞出我的每一个鸟巢；你的旋律会化作繁花，在我的片片丛林中绽放。

那一日莲花盛开，唉，我全然不知我的思想已迷了途。我的竹篮空空荡荡，花朵无人问津。

我偶尔陷入一种忧伤，我从梦中惊醒，南风吹拂，我感到一丝异香的甜蜜。

那朦胧的甜蜜令我的心在渴望中疼痛，我料想那是夏日热切的呼吸，在寻求自己的圆满。

那时我不知它与我如此接近，不知它属于我，也不知这完美的甜蜜已在我的心灵深处绽放。

21

我必须让我的船启航。懒散的光阴在岸上逝去——唉，可悲的我！

花已开败，春日就此告别。如今我带着残败的花朵等待与徘徊。

潮声喧嚣，黄叶簌簌地飘落在岸边的林荫小路上。

你在凝视怎样的虚空！你竟未感到那空中流动着的一丝狂喜，和着遥远的彼岸飘来的歌声？

多雨的七月处处阴霾，你踏着隐秘的脚步，像夜一样寂静，避开所有的守卫。

今天，黎明闭上眼睛，不理睬呼啸的东风那执着的召唤，为始终警觉的蓝天蒙上厚厚的面纱。

林地止住歌声，千家万户紧闭大门。你是这荒凉的长街上孤独的路人。我唯一的朋友啊，我的至爱，我为你敞开家门——别像梦一样飘过。

23

在这狂风暴雨之夜，我的朋友，你仍奔波于爱的旅途吗？天空仿佛一个绝望的人在呻吟。

今夜无眠。我时常打开门，向着黑暗张望，我的朋友！

我什么也看不见，我不知你的路在何处！

我的朋友，你是否涉过黑暗荒凉的河滩，绕过远方阴霾的树林，穿过迷离深邃的幽暗，千里迢迢向我走来？

　　假如白日逝去，假如鸟不再鸣唱，假如疲倦的风不再吹拂，请为我盖上黑夜厚厚的面纱，如同黄昏时分你用睡眠笼罩大地，温柔地合起睡莲的花瓣。

　　旅途还未结束，旅人已行囊空空，风尘仆仆，疲倦不堪，请带走他的屈辱与贫穷，让他重生，如同花朵在你仁爱的夜空里绽放。

25

在这疲倦的夜晚，让我顺从地睡去，把信任交托给你。

别让我的失意因为强求而变成对你蹩脚的膜拜。

是你为白日困倦的眼盖上黑夜的面纱，让它苏醒后拥有更清新喜悦的目光。

他走来，坐在我身旁，我却没有醒来。这可恶的睡眠，哦，可怜的我！

他在寂静的深夜走来，手执竖琴，那琴声在我梦里久久回荡。

唉，为何我的夜晚总是这样失落？他的气息轻抚我的睡梦，为何我总是错过他的身影？

光明，哦，何处有光明？用欲望的烈
火点燃它吧！

虽有灯，却不见火焰闪烁——我的
心，难道你命该如此？啊，若如此你还
不如死去！

苦难敲打你的大门，为你带来消息，
你的主人依旧无眠，他呼唤你穿过黑夜奔
赴一场爱的幽会。

乌云遮天，雨水连绵。不知是什么在
搅动我的心绪——我参不透它的深意。

瞬息之间，一道闪电为我的视线蒙上
更深的阴影，我的心在探路，去往黑夜
的旋律把我召唤的地方。

光明，哦，何处有光明！用欲望的烈火点燃它吧！雷声轰响，狂风在天地间呼啸而过。夜色仿佛磐石一样漆黑。别让时光在黑暗中流逝。用你的生命点燃爱的灯火。

罗网牢不可破,当我试图挣脱,却感到心痛。

自由是我唯一所求,而对它的希冀却令我羞愧。

我坚信你拥有无价之宝,坚信你是我的挚友,而我却不忍心扫除这满屋的金箔。

我的裹尸布以尘土和死亡织就;我恨它,却又怀着爱意将它拥紧。

我负债累累,一败涂地,我深重的耻辱羞于告人;而当我前来祈福,却因恐惧而颤抖,生怕我的祈求应验。

我的歌褪去铅华，不以衣饰为荣。饰物会阻挡你我相连，横在我们中央；那清脆的声响会淹没你的低语。

My song has put off her adornments. She has no pride of dress and decoration. Ornaments would mar our union; they would come between thee and me; their jingling would drown thy whispers.

那个身穿王子的锦袍，颈上挂满珠宝的孩子，已然丧失游戏的快乐；他的华衣令他寸步难行。

The child who is decked with prince's robes and who has jewelled chains round his neck loses all pleasure in his play; his dress hampers him at every step.

29

我用我的名字把他囚禁，他在地牢里哭泣。我总是忙于筑起围墙；日复一日，这面墙高耸入云，在它的阴影下，我看不见真实的自我。

这高墙让我引以为傲，我为它抹上泥沙，生怕在这个名字上留下细缝；尽管我小心翼翼，却依旧看不见真实的自我。

我独自走在路上，奔赴我的幽会。是谁在寂静的黑夜里尾随着我？

我躲开，不愿与他会面，却无从逃脱。

他昂首阔步，尘土飞扬；他把响亮的声音加诸我说出的每一个字句。

他是我渺小的自我，我的主人，他不知羞耻；而我却羞于和他一同来到你门前。

31

"囚徒，告诉我，是谁把你束缚？"

"是我的主人，"囚徒说，"我以为我的金钱和权势足以超越世间众人，我的宝库里堆满国王坐拥的财富。当睡意袭来，我在主人的床铺上躺下，醒来发现自己被囚禁于我的宝库。"

"囚徒，告诉我，是谁锻造出这牢不可破的锁链？"

囚徒说："是我精心地锻造这条锁链。我以为无往不胜的权力足以凌驾整个世界，让我肆无忌惮地享有自由。于是，我夜以继日在烈火中锻打着锁链。大功告成之日，这条锁链环环相扣，坚不可摧，我发觉我已被它捆牢。"

世上那些爱我的人竭尽全力抓紧我。而你别样的爱更加伟岸，令我无拘无束。

他们从不敢让我独处，生怕我将其遗忘。而时光一天天逝去，你却不见踪影。

假如我不在祈祷中呼唤你，假如我不在心中铭记你，你对我的爱也依旧等待着我的爱。

33

白天，他们走进我的家门，对我说：
"我们只需占用最小的房间。"

"我们要助你膜拜神灵，只想谦卑地
领受我们应得的恩典。"他们说。于是，
他们在墙角坐下来，安静又顺从。

不料在黑夜中，我发现他们蛮横地闯
入我的圣殿，带着邪恶的贪婪夺走圣坛上
的祭品。

就让我一无所有，如此我便能声称你是我的所有。

就让我意念消散，如此我便能从四面八方感受你，在万物中接近你，时刻向你奉献我的爱。

就让我一无所有，如此我便永远无法将你隐藏。

就让我挣脱束缚，如此我便和你的意志紧紧相连，以我的生命彰显你的使命——这是你爱的束缚。

在哪里，人们拥有无畏的心灵和高昂的头颅；在哪里，学问是天下之公器；在哪里，世界不因狭隘的国界四分五裂；在哪里，言语诞生于深奥的真理；在哪里，不懈的奋斗向完美伸出双臂；在哪里，理智的清泉不会迷失于陋习的荒漠；在哪里，心灵跟随你的指引进入广阔无边的思想和行动——进入自由的天堂，我的天父，请让我的祖国觉醒。

36

　　我向你祷告，我的主人——请铲除，铲除我内心贫困的根源。赐予我力量，让我轻松承受人间悲喜。赐予我力量，让我的爱在奉献中结出硕果。赐予我力量，让我永不背弃贫困，永不向权威屈膝。赐予我力量，让我的心灵超然于琐事之外。赐予我力量，让我的力量因爱而臣服于你的意志。

我本以为我已竭尽全力，我的旅程已经告终——我眼前无路可走，弹尽粮绝，是时候躲在暗处隐姓埋名了。

而我发现你的意志在我身上永无止境。陈旧的语言逝于舌尖，新的旋律便由心底迸发；在昔日的足迹隐没之处，新的国土必将展露奇迹。

38

　　我渴望你，只渴望你——让我的心永远默念。那日夜乱我耳目的种种欲望，都是彻头彻尾的谬与空。

　　就像黑夜在幽暗中藏起它对光明的祈求，我的潜意识深处也响起一声呼喊——我渴望你，只渴望你。

　　就像风暴穷其威力反击和平，只为在和平中止息，我也用抵抗反击你的爱，它仍旧呼唤着——我渴望你，只渴望你。

当坚硬的心贫瘠荒芜，请赐我仁慈的雨露。

当生命失去恩典，请赐我一曲欢歌。

当繁杂的工作扬起阵阵喧嚣，让我与世隔绝，我沉默的主人，请为我带来安宁。

当我潦倒的心蜷曲在角落里，破门而入吧，我的王，请带着王者的威仪驾临。

当欲望用幻想和尘埃蒙蔽心灵，啊，你这清醒的圣者，请携着雷电降临。

40

　　我枯涸的心灵已多日不见雨水，我的神。天边仿佛被洗劫一空——没有薄云掩盖，也没有远方冷雨降落的迹象。

　　发动你愤怒的风暴吧，那充斥着死气的黑暗风暴，假如你愿意，挥起闪电凌厉的皮鞭，撼动天宇。

　　但请召回，我的主人，召回这悄无声息的热浪，它无处不在，静如止水，浓烈残酷，以骇人的绝望灼烧我的心。

　　请让恩典的积云低头，就像父亲震怒的那一日，母亲婆娑的泪眼。

　　人群背后的你站在何处，我的爱人，你是否藏在阴影之中？尘沙飞扬的路上，人们推搡着你走过，对你不屑一顾。我疲倦地等待你，面前摆满献给你的礼物，过路人接连不断取走我的花朵，花篮几乎空了。

　　我等过清晨，等过午后。暮色中，我两眼困乏，睡意朦胧。归家的人望着我微笑，令我羞愧难当。我像乞女一样坐着，拉起裙摆遮住脸，当人们问我所求何物，我垂下眼睛，不作回答。

　　哦，我怎能告诉他们，我等候的是你，你也答应我会来。我怎能惭愧地说，一贫如洗便是我的嫁妆。啊，我在心底悄悄拥紧这份骄傲。

我坐在草地上凝望天空，想象你突然降临时的光辉——灯火璀璨，金色燕尾旗在你的辇车上高高飘扬，众人瞠目结舌地站在街边，目睹你从王座上走下，把我从地上扶起，这个衣衫褴褛的女孩坐在你身边，羞愧又骄傲地颤抖着，宛如夏日微风中的藤蔓。

然而时光飞逝，你的车轮依旧无声。无数队列在鼎沸的人声中走过，风光无限。难道只有你情愿躲在人群背后，在阴影中默立？难道只有我情愿哭泣等待，在徒劳的渴望中心力交瘁？

清早，我们悄声说着要乘船远航，只有你和我。世上无人知晓我们这场没有去向，也没有终点的朝圣。

在无边的海上，你静静地聆听与微笑，我的歌声随风远扬，如波浪般自由，挣脱了语言的束缚。

时辰是否未到？差事尚未完成？你看，暮色笼罩着海岸，鸥鸟在黯淡的暮光中归巢。

谁知道锚链何时解开，让小船如夕阳余光般隐入黑夜？

旅人必须敲开一扇扇陌生的门，才能回到自己的家；一个人必须游遍四海，才能最终抵达内心的神殿。

The traveller has to knock at every alien door to come to his own, and one has to wander through all the outer worlds to reach the innermost shrine at the end.

假如你不开口，我便忍耐，用你的沉默充满我的心。我要静静地等待，像夜晚耐心地低下头，在星光里守夜。

If thou speakest not I will fill my heart with thy silence and endure it. I will keep still and wait like the night with starry vigil and its head bent low with patience.

那日，我还未做好迎接你的准备，你便不请自来走入我的心。我的王，你就像人间某个与我素不相识的人，在我生命中无数短暂的瞬间印上永恒的图章。

今天，当我无意中照亮它们，看见你的印记，才发现它们已散落尘土，和昔日我早已淡忘的欢喜悲忧相互交织。

你并未轻蔑地冷落我在凡尘中稚嫩的游戏，我在游戏房中听见的脚步声正是那星辰间的回响。

44

　我的快乐就是这样在路边驻足，看影子追逐光明，看夏日带来喜雨。

　信使捎来九霄之上的音信，向我问候，又疾驰而去。我的内心泛起喜悦，拂过的清风也是甜的。

　我坐在门前，从清晨到日暮，我知道目光所及之处，快乐的时光会瞬间降临。

　那时，我独自微笑和歌唱。那时，空气中满溢允诺的芬芳。

难道你听不见他无声的脚步？他走来，走来，他永远在行路。

年年岁岁，日日夜夜，分分秒秒，他走来，走来，他永远在行路。

无论悲欢离合，我都没有停止歌唱，所有的音符都宣告着："他走来，走来，他永远在行路。"

明媚芬芳的四月，他穿过林间小路走来，走来，他永远在行路。

七月阴霾的雨夜，他驾着轰鸣的云车到来，到来，他永远在行路。

他的脚步踏在我无限忧伤的心头，他金色的足印令我焕发喜悦。

46

不知多久以前，你就已向我走来，和我相见。日月星辰永远无法在我面前将你藏匿。

我在无数日夜听见你的脚步，你的使者走进我的心，悄悄召唤我。

不知何故，今日我的生命骚动不止，悸动的喜悦掠过我的心。

仿佛下工的时辰将至，我在空气中隐约闻见你甜蜜的气息。

　　我为他几乎彻夜等待，不过是一场徒劳。我怕清晨时分他突然来到我门前，我却疲倦地睡去。哦，朋友，请为他让路——别阻拦他。

　　假如他的脚步声没有惊醒我，那就不要把我唤醒。我不愿被鸟儿的欢唱、被晨光的典礼上骚动的狂风唤醒。让我安睡吧，哪怕我的主人突然造访。

　　啊，我的睡眠，珍贵的睡眠，只等他的抚摸来消除。啊，我紧闭的双眼只向着他微笑的光芒睁开，当他站在我面前，像一个梦从黑暗的沉睡中浮现。

让他在我眼前现身，作为一切光与形的起源。让他的目光激发我觉醒的灵魂最初的喜悦。让我在回归自我的瞬间抵达他的所在。

黎明沉寂的大海迸发出起伏的鸟鸣；欢快的野花在路边盛开；我们忙着赶路，无暇顾及天上的黄金从云缝中洒落。

我们不唱欢歌，也不游戏；我们进村不为交易；我们不言语，不轻笑，也不在路上流连。时光飞逝，我们加紧步伐。

太阳当空，鸽子在树荫下"咕咕"地叫。枯叶在正午的热浪中翻飞。牧童在菩提树的阴影里酣然入梦。我躺在水边，在草地上舒展疲惫的四肢。

同伴将我嘲笑；他们昂着头匆匆赶路，不眠不休，从不回头，直到身影消失在远处苍茫的雾霭中。他们越过片片草场，翻过道道山丘，涉过陌生而遥远的国度。荣耀属于你们，漫漫征途上英勇的先锋！嘲弄和谴责催我站起来，我却不予回应。我欢喜地沉溺在深深的屈辱里——沉溺在若有似无的喜悦的阴影中。

阳光织成恬静的绿荫，慢慢将我的心笼罩。我忘了此行的目的，心甘情愿把心灵交付于影与歌的迷宫。

当我终于从沉睡中醒来，睁开双眼，看见你站在我身边，我的睡梦中漫溢着你的微笑。我曾多么害怕这是一条漫长颠簸的道路，奔向你何其艰辛！

你走下王座，站在我的茅屋前。

我在角落独自歌唱，那旋律俘获了你的耳朵。你便走来，站在我的茅屋前。

你的殿堂里大师众多，歌声从未停歇。这稚嫩朴素的颂歌却蒙你青睐。一首哀伤的小曲汇入这世间的磅礴之音，你携着花的奖赏走来，停在我的茅屋前。

　　我沿着村路挨家挨户地乞讨，当你的金色车辇如瑰丽的梦境般远远驶来，我畅想这万王之王会是谁！

　　我的希望在高涨，我想我落魄的日子到头了，我站在那里等待着不请自来的施舍和散落一地的钱财。

　　车辇就停在我的身旁。你看向我，一脸笑意走下来。我感到我一生的好运终于来临。忽然，你伸出右手对我说："你可有什么送给我？"

　　啊，多么高贵的玩笑，你竟向一个乞丐伸手讨要！我困惑地站在原地，犹豫不决，后来我才慢慢从钱包里掏出一粒小小的玉米送给你。

天黑之后，当我在地上清空布袋，在一堆零碎中找到一粒黄金时，我是多么讶异！我痛哭不已，多希望那时我有勇气给予你我的一切。

夜色深沉，一天的劳作结束了。我们以为最后一位过夜的客人已经赶到，家家户户都紧闭大门。只听有人说，国王来了。我们笑道："不，这不可能！"

隐约传来敲门声，我们说那只是一阵风声。我们熄灭灯火，倒下便睡。只听有人说："使者来了！"我们笑道："不，一定是风！"

死寂般的深夜传来一声响动。我们睡眼蒙眬，以为那是遥远的雷音。大地震荡，四壁摇撼，惊醒睡梦中的我们。只听有人说，那是行进的车轮。困倦的我们喃喃地说："不，那一定是滚雷！"

鼓声敲响时，夜色依旧深邃。一个声音传来："醒来吧，别耽搁！"我们按住胸口，吓得哆嗦不止。有人说："看啊，那是国王的大旗！"我们起身喊道："时间耽误不得！"

国王已经到来——可是彩灯在哪里？花环在哪里？他的王座在哪里？啊，惭愧！真是丢脸！金碧辉煌的大殿在哪里？有人说："呼喊也是徒劳！空手迎接他吧，带他走进你一贫如洗的房间！"

敞开大门，吹响螺号！深夜时分，国王驾临我们黑暗萧索的房舍。空中惊雷咆哮，闪电让黑暗不寒而栗。拿出你的破草席铺在院子里。在这骇人的深夜，我们的国王携着风暴突然驾临。

我本想向你讨要——你颈间的玫瑰花环——却又不敢。我就这样等待天亮，当你离去，在你的床铺上寻一些碎片。黎明时分，我像乞丐一样，只为寻找一两片零落的花瓣。

啊，看看我发现了什么？你的爱留下了什么信物？不是花，不是香料，也不是香水瓶。那是你的利剑，如火焰耀目，如雷霆万钧。第一缕晨光破窗而入，铺满你的床铺。晨鸟唧唧喳喳地问："姑娘，你找到了什么？"不，那不是鲜花，不是香料，也不是香水瓶——而是你可怕的利剑。

我出神地坐着，思索你的馈赠。我既无处安放它，又羞于佩戴。我弱不禁风，当我将它贴在胸口，就感到疼痛。而你的

世上那些爱我的人竭尽全力抓紧我。而你别样的爱更加伟岸，令我无拘无束。

By all means they try to hold me secure who love me in this world. But it is otherwise with thy love which is greater than theirs, and thou keepest me free.

你并未轻蔑地冷落我在凡尘中稚嫩的游戏，我在游戏房中听见的脚步声正是那星辰间的回响。

Thou didst not turn in contempt from my childish play among dust, and the steps that I heard in my playroom are the same that are echoing from star to star.

馈赠无比荣耀，我会心甘情愿承受这痛苦的负担。

从此，我在这世间无所畏惧，你会在我所有的战斗中凯旋。你赐我死亡为伴，我便以生命为他加冕。你的剑与我同在，割断我的束缚，令我在这世间无所畏惧。

从此，我抛弃一切矫饰。我心灵的主人，我不再躲进墙角哭泣等待，也不再忸怩作态。你用宝剑为我傅彩。我不再需要幼稚的装扮！

你华丽的手镯缀满星星和精雕细琢的五彩宝石。可是在我眼中,你的利剑更美,它闪电般的弧线像毗湿奴的神鸟展开双翅,完美地悬在落日浓烈的红霞里。

它在颤动,仿佛生命正面临死亡的致命一击,带着痛苦的狂喜做出最后的回应;它在闪烁,如同纯洁的火苗用一把烈焰燃尽尘世的情感。

你美丽的手镯缀满星光璀璨的宝石;雷霆之王啊,世间卓绝的美铸就了你的利剑,让人不敢目睹,不敢觊觎。

54

我对你没有索求，也不会告诉你我的姓名。你离去之时，我默默站立。我独自站在水井边，看树影倾斜，妇人们携着满盈的水罐回家去了。她们向我呼喊："一起走吧，清晨已过，晌午将至。"我却无精打采，不愿离去，陷入朦胧的沉思。

我听不见你走近的脚步声。你看向我的目光不无哀伤；你低沉的话音满是疲惫——"啊，我这旅人口渴极了。"我从白日梦中惊醒，把水罐里的水倒入你拢起的手掌；树叶在头顶簌簌作响；杜鹃鸟在无形的黑暗中鸣唱，道路的转角飘来金合欢的芳香。

当你问起我的姓名，我站在你面前，羞愧难言。其实,我有何成就值得你惦念？但我会把曾为你倒水解渴的记忆铭记于心，用美好将它呵护。晨光逝去，鸟儿唱得倦了，苦楝叶在头顶簌簌作响。我坐在树下细细思量。

你心中仍有疲倦，眼中睡意未消。

难道你还未听说鲜花正在荆棘中怒放？醒来吧，哦，醒来！不要辜负时光！

石路尽头，我的朋友正独坐在那孤独的处女地。不要欺骗他。醒来吧，哦，醒来！

假如天空在正午的烈日下喘息颤抖——假如灼热的沙土铺开它干渴的幔布——那又如何？

难道你的内心毫无喜悦？难道路的竖琴不会随着你的步伐在疼痛中奏响美的音乐？

56

你给我的喜悦如此丰满。你就这样将我主宰。啊，你是诸天之主，假如没有我，谁会为你所爱？

你视我为伴侣，共享所有的财富。你的快乐在我心中无止境地挥洒。你的意志在我的生命中不断显现。

为此，你这万王之王尽情装扮，把我的心俘获。为此，你的爱忘我地投身于你爱人的爱，你在我们完美的结合里现身。

光，我的光，充满世界的光，亲吻双眼的光，宠爱心灵的光！

啊，亲爱的光，它在我生命的圆心舞蹈；亲爱的光，它拨动我爱的琴弦；天空敞开胸怀，狂风大作，笑声传遍大地。

蝴蝶在光的海洋上展开风帆。百合与茉莉涌向光的浪尖。

光散落在每一片云彩上，为其镀金，亲爱的光，它撒下万千宝石。

亲爱的，欢乐在片片绿叶间蔓延，这无量的欢乐。天河的水已漫过堤岸，喜悦的洪流涌向四方。

58

让所有喜悦的曲调融入我最后的歌声——这喜悦让大地跟随茂盛的野草流动；这喜悦让生死这对同胞兄弟在广袤的世间舞蹈；这喜悦携着势不可当的风暴，用笑声撼动天地，唤醒一切生灵；这喜悦含泪静坐在痛苦的红莲上；这喜悦抛却尘世间的一切所得，了无牵挂。

是的，我深知这就是你的爱，啊，我心中的至爱——这在树叶上舞蹈的金光，这拂过天空的闲云，这飘逝而去、在我额上留下凉意的风。

晨光充满我的眼睛——这是你给我的心捎来的讯息。你俯身垂头，你的眼睛望向我的眼睛，我的心终于触及你的脚尖。

60

孩子们相聚在无边世界的海岸。头顶无垠的天空波澜不惊，悸动的潮水喧闹不止。孩子们相聚在无边世界的海岸上，肆意地欢闹。

他们用沙子堆起房子，把玩空空的贝壳。他们把枯叶编成小舟，笑看它们在浩瀚深邃的海上漂荡。孩子们在世界的海岸上嬉戏。

他们不会游泳，也不知如何撒网。采珠人潜水寻珠，商人扬帆远航，孩子们只知捡起卵石，又随意抛掉。他们无意寻找隐藏的珍宝，也不知如何撒网。

潮水随着笑声涌起，沙滩也闪烁着浅笑。致命的波涛向孩子们咏唱虚无的歌谣，犹如母亲晃着摇篮，对她的宝贝哼唱小曲。大海和孩子们一起游戏，沙滩也闪烁着笑意。

孩子们相聚在无边世界的海岸。风暴在无路的天空漫游，船只在无痕的水上遇难，死亡就在门外，孩子们却只知玩耍。无边世界的海岸见证着孩子们盛大的聚会。

61

一抹睡意闪过婴孩的眼睛——有谁知道它从何而来？是的，传说它居住在精灵村萤火点点的林影之间，那里悬挂着两只羞怯的魔法蓓蕾。睡意正从那里传来，去亲吻婴孩的眼睛。

一丝笑意掠过熟睡的婴孩的唇畔——有谁知道它从何而来？是的，传说一线新月浅淡的光辉抚过逐渐散去的秋云，于是，从洒满朝露的黎明的梦境里第一次诞生出微笑——那掠过熟睡的婴孩唇畔的笑意。

一股香甜柔软的新鲜从婴孩的四肢迸发而出——有谁知道它在何处蛰伏？是的，当母亲正值青春，它便化作爱无声的秘密，在她心头温柔地弥漫——那从婴孩的四肢迸发而出的香甜柔软的新鲜。

当我带给你五彩玩具，我的孩子，我才懂得为何云朵与河流五光十色，为何繁花浓妆淡抹——当我带给你五彩玩具，我的孩子。

当我用歌声伴你舞蹈，我才领悟为何树叶会奏乐，为何波涛的齐声咏叹会抵达聆听的大地心间——当我用歌声伴你舞蹈。

当我把糖果放入你贪婪的小手，我才知道为何花中有蜜，为何果实悄悄蓄满甜汁——当我把糖果放入你贪婪的小手。

当我亲吻你的脸逗你发笑，我的宝贝，我深深明白黎明的天空降下怎样的快乐，夏日的轻风为我吹来怎样的喜悦——当我亲吻你的脸逗你发笑。

你让我结识素不相识的朋友。你让我在旁人家中拥有一席之地。你消弭了距离，四海皆兄弟。

当我不得不离开故里，我心有忐忑；我忘了那是故人住进新居，你也住在那里。

穿越生死轮回，历经世世生生，无论你带我去向何处，你始终是我不朽的生命里唯一的伴侣，用喜悦的纽带把我的心和陌生永远相连。

谁同你结识，谁就不再是陌生人，大门就会永远敞开。啊，请让我如愿以偿，让我永不丧失在芸芸众生间独与你接触的幸福。

从此，我在这世间无所畏惧，你会在我所有的战斗中凯旋。
你赐我死亡为伴，我便以生命为他加冕。

From now there shall be no fear left for me in this world, and thou shalt be victorious in all my strife. Thou hast left death for my companion and I shall crown him with my life.

啊，我心中的至爱——这在树叶上舞蹈的金光，这拂过天空的闲云，这飘逝而去，在我额上留下凉意的风。

O beloved of my heart – this golden light that dances upon the leaves, these idle clouds sailing across the sky, this passing breeze leaving its coolness upon my forehead.

64

在荒凉的河坡上，高草丛中，我问她："姑娘，你用斗篷遮起灯火，要往哪里去？我的屋子黑暗凄凉——把你的灯借给我吧！"她抬起乌黑的眼睛，在暮色中望着我。"我去了河边，"她说，"在太阳西沉的时候放河灯。"我独自站在高草丛中，看着微弱的火苗徒劳地随波漂流。

在沉寂的夜色中，我问她："姑娘，你的灯火这样明亮——你提着灯要往哪里去？我的屋子黑暗凄凉——把你的灯借给我吧。"她抬起乌黑的眼睛望着我，犹豫地站了片刻。最后她说："我是来为天空奉灯的。"我站在原地，看着她的灯火在空中徒劳地燃烧。

没有月亮的午夜，我在幽暗中问她：
"姑娘，你把灯捧在胸口，所求为何？我
的屋子黑暗凄凉——把你的灯借给我吧。"
她停下来思索片刻，在黑暗中望着我。她
说："我带着灯来参加灯火的狂欢。"我站
在原地，看着她的小灯徒劳地消隐于万千
灯火。

65

我的天神，你从我满溢的生命之杯中饮下什么圣酒？

我的诗人，你是否感到快乐，当你透过我的双眼看见你的创造，当你站在我耳畔静静聆听你永恒的和声？

你的世界在我心中作词，你的喜悦为其谱曲。你用爱为我献身，又在我身上感受你所有的甜蜜。

她曾驻留在我生命深处，在闪烁的暮光中；她从不在晨光中揭开面纱，我的天神，她是我献给你最后的礼物，藏在我最后的歌声里。

甜言蜜语未能讨她欢心；谆谆劝导也未能将她动摇。

我游遍四方，始终把她珍藏在心间，任由我生命的兴衰围绕她此消彼长。

她主宰我的思想、行动与睡梦，却又孑然一身，独来独往。

众人敲开我的门，问起她的下落，又绝望地离去。

世上无人得见她的真容，她在孤独中等待你来辨认。

67

你是天空，也是归巢。

哦，美丽的你，那巢中装满你的爱，以声色和气味包围灵魂的爱。

黎明手提金篮翩然而至，她用美的花环默默为大地加冕。

暮色照在牛羊归去后孤独的草地上，她携着金色水罐穿过荒凉的小路，带来安息的西海上阵阵宁静的凉风。

而那里的天空一望无垠，任由灵魂翱翔，此刻正笼罩在洁白无瑕的光辉里。那里没有昼夜，没有色彩，也没有语言。

你的阳光伸开双臂降临我的大地，它终日站在我们门前，把我的眼泪、叹息与歌声汇成的云彩带回你身旁。

你满心欢喜将雾霭的斗篷披挂在你繁星璀璨的胸膛，让它形态万千，绮丽多姿。

它是那样轻盈，那样短暂，那样柔软，那样伤感，那样黯淡，你因此爱着它，啊，纯洁宁静的你。正因如此，它才用悲凉的阴影遮蔽你令人敬畏的白色光芒。

69

同样的生命之河日夜在我血脉中奔
流，它流过世界，在律动中起舞。

正是同样的生命带着喜悦破土而出，
它穿过无数草茎，催发花叶绽放的狂潮。

正是同样的生命在生死之海的摇篮里
起伏，任凭潮涨潮落。

我的躯体因这生命世界的感染而无比
荣耀。这一刻，岁月勃动的生机在我血液
中狂舞，我因此而骄傲。

你怎能不因这欢乐的节奏而欢乐？怎能不在这狂喜的旋涡中颠簸起伏，忘乎所以，筋疲力竭？

万物循环不辍，既不可回首，也无力阻挡，它周而复始，滚滚向前。

四季和着那躁动急促的音乐，飞舞而过——色彩、旋律和芳香在无边的喜悦中泻下万丈瀑布，又在瞬息之间溅落和消亡。

我应该炫耀自己，显扬于四方，再把
缤纷的影子投向你的光辉——那便是你的
幻象。

你在身上布下一道屏障，再用万千音
符呼唤你被剥离的自我。你灵与身的分离
在我身上显现。

酸楚的歌声响彻天际，化成五彩的泪
水与笑声、忧虑与希望；潮起潮又落，梦
碎复又生。你对自我的否决在我身上显现。

昼与夜的画笔为你升起的屏风绘成无
数图案。屏风背后，你的宝座以神妙的弧
线织成，舍弃一切乏味的直线。

你我华丽的盛典铺满整个天空。你我
的歌声让四周充满生机，一切时代在你
我的躲藏与寻觅中逝去。

72

正是我内心深处的他唤醒我的身心，用他隐秘的触摸。

正是他为我的眼睛赋予魔力，欢快地拨弄我的心弦，奏响悲与喜那起伏的乐章。

正是他用昙花一现的斑斓色彩织成幻影的大网，他的双脚在褶缝中若隐若现，我因他的触摸忘了自己。

时光流逝，岁月更迭，他永远以无数名义、无数面目和无数悲喜打动我的心灵。

拯救对我而言并不在于克制。我在喜悦的重重束缚中感受自由的拥抱。

你总是为我斟上斑斓芳香的美酒，让我的杯盏满溢着琼浆。

我要用你的火焰点燃我世界里的千百灯盏，一一敬献于你神庙的祭坛。

不，我永远不会关闭感官之门，让眼耳、发肤拥有的喜悦永远承载你的喜悦。

是的，我的一切幻想都将以喜悦之光燃烧，一切欲望都将成熟，化为爱的果实。

74

　　白日逝去，阴影笼罩大地。我要带上水罐去河边打水。

　　黄昏的空气充满热切，和着流水的悲音。啊，它在呼唤我走入暮色。荒凉的小径不见路人，风吹河面，涟漪阵阵。

　　我不知是否该踏上归途，也不知将要和谁邂逅。渡口的小船上，陌生人正弹拨着鲁特琴。

你赐予凡人的礼物令我们心满意足，且分毫不差地回到你身边。

河水不舍昼夜，匆匆流过田野与村落；而这蜿蜒不绝的流水只为濯洗你的双脚。

芬芳的花朵让空气弥漫着香甜；而它对你最后的效劳便是奉献自己。

对你的膜拜不会让世人一贫如洗。

人们只从诗人的字里行间收获取悦自己的意义；而诗的终极意义却指向你。

76

啊，我生命的主人，我会日复一日站在你面前。啊，大千世界的主人，我会双手合十站在你面前。

在你广袤的天空下，在孤独和沉默中，我会带着谦卑的心站在你面前。

在你充满苦恼与挣扎、动荡不安的世界里，我会置身于匆忙的人群，站在你面前。

当我完成这尘世的使命，啊，万王之王，我会站在你面前，形单影只，默默无言。

我视你为我的天神，因此站在一旁——我不知你本属于我，因此向你靠近。我视你为父亲，因此拜倒在你脚下——我不像朋友那样握住你的手。

我并未置身于你降临的地方，并视你为我所有，并未把你紧拥在怀中，视你为我的伙伴。

你是我众位兄弟中的长者，我对他们并不在意，也不与其分享所得，如此才能与你同享我的所有。

我不与众人同甘共苦，如此才能和你并肩而立。只因我心中畏惧，不敢轻生，便不会一头扎进生命的惊涛骇浪。

你是天空，也是归巢。

哦，美丽的你，那巢中装满你的爱，以声色和气味包围灵魂的爱。

Thou art the sky and thou art the nest as well.

O thou beautiful, there in the nest is thy love that encloses the soul with colours and sounds and odours.

让我的思想拜伏在你门前，如七月骤雨降临前那低悬的雨云，向你致意。
让我所有的歌将迥异的旋律汇成一股洪流，流向寂静的海洋，向你致意。

Like a rain-cloud of July hung low with its burden of unshed showers let all my mind bend down at thy door in one salutation to thee. Let all my songs gather together their diverse strains into a single current and flow to a sea of silence in one salutation to thee.

78

当万物初生，群星闪耀第一道光辉，九天之上，众神齐声高唱："啊，完美的景象！纯粹的欢乐！"

一个神灵突然喊道："光链似乎现出裂痕，一颗星星走失了。"

竖琴的金弦断裂，众神不再歌唱，他们悲伤地呼喊："是的，失落的那颗最美，她是诸天的荣耀！"

从此，他们不断将她寻找，四处奔走呼喊，这世界因她丧失了一种欢乐！

只有在万籁俱寂的深夜，群星笑着耳语："一场徒劳的寻找！无懈可击的完美主宰一切！"

假如今生我和你无缘相遇，让我永存与你错过的感觉吧——让我始终铭记，让我承受这悲伤的痛苦，无论梦里梦外。

当我在人间拥挤的集市上匆匆度日，双手捧满日积月累的利润，让我永存一无所得的感觉吧——让我始终铭记，让我承受这悲伤的痛苦，无论梦里梦外。

当我坐在路边，满身疲惫，气喘吁吁，当我席地而卧，让我永存前路漫漫的感觉吧——让我承受这悲伤的痛苦，无论梦里梦外。

当我将房间装扮一新，当笛声响起，笑语喧哗，让我永存不曾邀你来做客的感觉吧——就让我承受这悲伤的痛苦，无论梦里梦外。

我像一朵秋天的残云，漫无目的在空中游荡，啊，我光耀万古的太阳！你的抚摸尚未融化我的水汽，让我与你的光芒合二为一，因此我清数着和你分离的岁月。

假如这是你的愿望，假如这是你的游戏，拿走我飞逝的虚空吧，为它涂上颜色，镀上金边，让它在狂风中飘荡，铺展出绚烂的奇景。

假如你期待在深夜时分结束这场游戏，我会渐渐消融在黑暗中，或是化作清晨明媚的微笑，化作晶莹纯洁的清凉。

81

许多悠闲的日子里，我因时光流逝而悲伤。然而它永远不会流逝，我的主人。你已将我生命中的每一刻紧握在手中。

你隐身于万物，滋养种子发芽，蓓蕾绽放，花落果熟。

我感到疲倦，闲卧在床上，以为工作都已完成。等到清晨醒来，我惊奇于园中盛放的鲜花。

我的主人，时间在你手中无穷无尽。无人能计算你的分分秒秒。

昼夜更替，岁月兴衰如花开花谢。你知道如何等待。

你的世纪相继到来，让卑微的野花趋于完美。

我们不可再耽搁时光，必须抓住时机。贫穷不容许我们继续蹉跎。

当我把时间交给每一个急于向我索要的人，时间便这样逝去，最后你的祭坛空空荡荡。

天快黑了，我匆忙赶路，生怕你关起大门；而我发现还有时间。

83

母亲，我要把悲伤的眼泪串成一条珠
链，戴在你的颈间。

群星用光的脚镯装点你的双脚，我却
把珠链悬挂在你胸前。

名利由你而来，唯你有权给予或保留。
而我的悲伤独属于自己，当我把它奉献给
你，你便用恩典回报我。

正是这分离之痛蔓延整个世界，在无垠的天空中变幻出万千姿态。

正是这分离之忧每夜悄然凝望群星，在七月幽暗的雨季，伴着萧瑟的树叶诉说衷肠。

正是这弥漫的痛苦渗透千家万户的爱与欲、苦与乐，融化在我这诗人的心头，流淌成歌。

85

当勇士们走出首领的大堂，他们的力量藏在何处？他们的坚甲利兵藏在何处？

他们看似穷困潦倒、走投无路，就在走出首领大堂的那一日，箭雨纷纷落向他们。

当勇士们毅然走回首领的大堂，他们的力量藏在何处？

他们已投戈解甲，额上洋溢着安宁；他们留下生命的果实，就在他们毅然走回首领大堂的那一日。

死神，你的仆人，就在我门前。他渡过未知的海洋，为我带来你的召唤。

漫漫黑夜，我心忧惧——但我仍手提灯火，敞开家门，躬身迎接他。正是你的使者站在我门前。

我会双手合十，含着泪膜拜他。

我会将心中至宝放在他的脚边，膜拜他。

当他完成使命离去之时，为我的清晨留下一道阴影；我荒凉的家园只剩孤独的自己，作为我对你最后的奉献。

心怀渺茫的希望，我找寻着她，找遍整个房间，却不见她的身影。

我的房间那样狭小，失去的一切已无处可寻。

但你的华宇宽广无边，我的主人，我不得不来到你门前，索要她。

我伫立在你的黄昏金色的天幕下，抬起急切的双眼凝望你的脸。

我已来到永恒的边界，这万物永不磨灭的地方——泪光中不见希望，不见幸福，也不见一张脸孔。

哦，将我空虚的生命沉入大海，沉入它最深处的丰满。让我在宇宙的完满中再度感受那曾失去的甜蜜接触。

88

　　破庙里的神！断弦的维纳琴无法奏响对你的颂扬。黄昏的钟声不再宣告向你礼奉的时辰。你的四周阒然无声。

　　游荡的春风吹向你荒凉的居所，捎来花的消息——那些不再奉献给你的花朵。

　　你那暮年漂泊的崇拜者始终盼望你的恩典，却没有回应。黄昏时分，当灯火与光影融入尘世的幽暗，他带着心中的渴望，疲倦地回到破庙。

　　破庙里的神，无数节日带着沉默走向你。无数礼拜之夜无人点燃灯火。

　　崭新的神像相继被良工巧匠雕琢而成，而在时代的尽头，也会相继被遗忘的圣河带走。

　　唯有破庙里的神永远无人问津，无人膜拜。

我不再高谈阔论——这是主人的旨意。今后我会轻言细语。我要用温柔的歌声轻诉我内心的话语。

人们匆匆赶往国王的集市，那里聚集着行商买卖之人。我却抛下正午繁忙的劳作，提前离开。

就让我园中的鲜花盛开，尽管时节未到；就让正午的蜜蜂开始慵懒的哼唱。

我曾长久置身于善恶的争斗，如今，我的心却任由那闲日的玩伴快乐地吸引；我不知这突然的召唤为何要带我走向一场徒劳的谬误！

90

　　来日当死神叩响你的大门，你能为他奉献什么？

　　啊，我要为他摆上酒杯，斟满我生命的琼浆——决不让他空手离去。

　　当我的生命走到尽头，当死神叩响我的大门，我要把我在秋日与夏夜酿造的美酒，把我碌碌一生的所得和收获毫不保留地献给他。

啊，你是生命尽头的圆满，死神，我的死神，来吧，和我低声倾谈！

我日复一日守望你，因你而承受生命的悲欢。

我的本色，我的一切，我的所愿，我的所爱都在隐秘的深处流向你。你向我投来最后一瞥，我的生命便永远属于你。

献给新郎的花环已经编好。婚礼之后，新娘就要离家，独自在孤寂的深夜与丈夫相会。

我知道终有一日我再也看不见这个世界，生命将默默退场，在我眼前拉上帷幕。

而群星彻夜守望，晨曦依旧升起，时光如汹涌的海浪，让欢乐与痛苦此起彼伏。

当我想起这便是我时光的终点，时光的屏障就此崩裂，透过死亡之光，我看见你的世界，四处散落着珍宝。那里没有卑微的席位，没有低贱的生命。

那些我求而不得，连同我所得的一切——我都不再执着。让我真正拥有那曾被我唾弃和轻视的东西。

93

　　我就要离去。和我道别，我的兄弟！我向你们躬身道别。

　　我在此归还家门的钥匙——我不再是这房屋的主人。我只要求你们最后的赞美。

　　我们多年比邻而居，我的收获远胜于奉献。在这破晓时分，那曾照亮我黑暗墙角的灯火熄灭了。我听见一声召唤，即将踏上旅途。

离别之时，祝我好运吧，我的朋友！曙光染红天边，前路一片锦绣。

别问我把什么装进行囊。我两手空空地启程，唯有一颗充满希冀的心。

我会戴上婚礼的花环，却不穿红褐色的行装。尽管路途艰险，我却心无恐惧。

旅途结束之时，晚星升上天空，王宫门前响起黄昏的哀乐。

95

我并未觉察初次跨越生命之门的那一刻，何种力量驱使我向这广阔的神秘开放，如同午夜森林的花蕾！

当我望着黎明的光芒，便感到我与这世界并不陌生，这无以名状的神秘已化身为我的母亲，将我拥在怀中。

哪怕死亡来临，这无名的力量仍以我熟悉的模样出现。正因为我热爱这生命，也会把同样的热爱献给死亡。

当母亲把右乳从婴孩口中轻轻挪开，哭闹的孩子又会立刻从左乳得到安慰。

当我从这里离开，就让它成为我道别
的话语，我曾目睹的一切无与伦比。

我已品尝这朵莲花深藏的蜜汁，在光
之海上漫延，我因此得到福佑——就让它
成为我道别的话语。

在这变化万千的游戏房，我已尽兴玩
耍，并在这里看见无形的他。

我的躯体与四肢因他的抚摸而战栗，
他却不可触及；假如生命已到尽头，那么
来吧——

就让它成为我道别的话语。

97

当我和你游戏，我从未问过你是谁。我不懂得羞怯与恐惧，我的生活喧闹无比。

清晨，你像伙伴一样把我从睡梦中唤醒，带我在一片片林地间自由奔跑。

那些日子，我从不思量你对我的歌唱有何深意。唯有我的声音应和着曲调，我的心跟随节奏起舞。

如今游戏已结束，我眼前突如其来的是怎样的景象？世界垂首望着你的双脚，和沉默的群星一同在敬畏中站立。

我要将失败的花环当作奖赏装点你。
我永远无法逃脱不屈的命运。

我深知我的骄傲会碰壁，我的生命会
在剧痛中挣脱束缚，我空洞的心像一根苇
管吹奏着哀乐，坚石也会在眼泪中融化。

我深知莲花不会永远闭起片片花瓣，
它总会袒露深藏的蜜汁。

蓝天上有一只眼注视着我，默默地召
唤我。我会一无所有，两袖空空，唯有从
你脚下接受彻底的死亡。

99

我让出舵盘，我知道该由你掌管了。该做的事不要犹豫。挣扎只是徒劳。

既然如此，请让开你的双手，我的心啊，默默接纳你的失败，随遇而安已是你的幸运。

我的灯火总被袭来的微风扑灭，而我一次次重新点燃，将一切置之度外。

但这一次我会明智一些，席地而坐，在黑暗中等待；任由你乘兴而来，我的主人，悄然坐在我身旁。

我深深潜入形象的海洋，希望觅得无形的完美珍珠。

我这饱经风浪的船再也无法畅游四海。那在风头浪尖颠簸作乐的昔日早已一去不返。

如今我渴望在不朽中死去。

我会带着我生命的竖琴踏入深渊边的礼堂，那里流淌着无声之弦弹奏的乐章。

我会调和永恒的音符，当它鸣奏出最后的悲音，我会把沉默的竖琴放在沉默的脚边。

我终其一生用我的歌把你寻觅。歌声带我穿过一扇扇大门，助我感知自己，探寻和触摸我的世界。

我的歌教会我毕生所学，为我指点迷津，把我内心的地平线升起的群星带到我眼前。

它们终日带我游历欢乐与痛苦的神秘国，旅程结束之夜，它们又将带我前往哪一道宫门？

102

　　我向众人夸口我与你相识。他们在我的所有作品里看见你的画像。他们因此问我："他是谁？"我不知道如何回应。我便说："我实难开口。"他们留下一声责备，轻蔑地走掉。而你就坐在那里微笑。

　　我把关于你的传说谱写成长歌。这秘密从我心底奔涌而出。人们纷纷走来问我："告诉我们所有的意义。"我不知道如何回应。我便说："啊，这意义有谁明白！"他们留下一个轻笑，不屑一顾地走掉。而你就坐在那里微笑。

　　我向你致意，我的神，让我所有的感官畅通无阻，去触摸你脚下的世界。

　　让我的思想拜伏在你门前，如七月骤雨降临前那低悬的雨云，向你致意。

　　让我所有的歌将迥异的旋律汇成一股洪流，流向寂静的海洋，向你致意。

　　让我的全部生命奔赴它永恒的家园，如思乡的鹤群日夜兼程飞向山中的巢，向你致意。